DAD SQUARISI

DEUSES DO OLIMPO

PRA GENTE PEQUENA E GENTE GRANDE TAMBÉM

ILUSTRAÇÕES CAROLINA KAASTRUP

GERAÇÃO jovem

1ª edição — Outubro de 2014
Grafia atualizada segundo o Acordo Ortográfico da Língua Portuguesa de 1990, que entrou em vigor no Brasil em 2009

Editor e Publisher
Luiz Fernando Emediato

Diretora Editorial
Fernanda Emediato

Produtora Editorial e Gráfica
Priscila Hernandez

Assistentes Editoriais
Adriana Carvalho
Carla Anaya Del Matto

Capa
Marcos de Mello

Projeto Gráfico e Ilustrações
Carolina Kaastrup

Revisão
Vinicius Tomazinho
Marcia Benjamim

Dados Internacionais de Catalogação na Publicação (CIP)
(Câmara Brasileira do Livro, SP, Brasil)

Squarisi, Dad
Deuses do Olimpo para gente pequena e gente grande também / Dad Squarisi. ilustrações de Carolina Kaastrup 1. ed. -- São Paulo : Geração Editorial, 2013.

ISBN 978-85-8130-125-9

1. Mitologia grega - Literatura infantojuvenil
I. Título.
13-01202 CDD-028.5

Índices para catálogo sistemático

1. Mitologia grega: Literatura infantil 028.5
2. Mitologia grega: Literatura infantojuvenil 028.5

Geração Editorial
Rua Gomes Freire, 225 — Lapa
CEP: 05075-010 — São Paulo — SP
Telefax: (+ 55 11) 3256-4444
E-mail: geracaoeditorial@geracaoeditorial.com.br
www.geracaoeditorial.com.br

Impresso no Brasil
Printed in Brazil

DEUSES DO OLIMPO

PRA GENTE PEQUENA
E GENTE GRANDE TAMBÉM

APRESENTAÇÃO

Histórias para a alma

Wani Aida Braga

Mitos, heróis e personagens divinos refletem, com a mesma força dos tempos antigos, os anseios do homem moderno, que em nada mudou no íntimo das inquietações existenciais. As fantásticas histórias da mitologia grega, carregadas de emoções, significados e ensinamentos universais, mobilizam em nós o reconhecimento dos dramas como se as narrativas fossem nossas, sintonizadas com apelos mais profundos. Daí nosso fascínio por elas em qualquer idade.

Dad Squarisi, com sensibilidade, traz o encantamento poético dos mitos helênicos. Escritos em linguagem simples e divertida, os textos permitem às crianças transitar entre os limites do real e do imaginário em busca de si mesmas. No continente lúdico e simbólico, elas podem se aventurar. Identificam e desafiam medos, desejos e impulsos sem os riscos da vida real.

As peripécias de Zeus, Hera, Afrodite, Hermes, Dionísio e tantos deuses e heróis que habitam o Olimpo dão respostas para dúvidas que nem sempre meninas e meninos conseguem verbalizar. Não somente. Ensinam valores como a coragem, a ética e a bondade que lhes desenvolvem a sabedoria e a capacidade de se colocar no lugar do outro.

Este livro — nas mãos de pais, educadores e psicólogos como mediadores de leitura — abre as portas da criatividade, estimula a expressão emocional e aperfeiçoa a língua falada e escrita. Num passeio mágico no carro de Apolo, acende o sol do mundo dos símbolos guardados no inconsciente. A viagem ilumina o caminho do autoconhecimento. Estimula o bem viver e conviver.

A HISTÓRIA COMEÇOU ASSIM

Quando nasceu, há muiiiiiiiiiiiiiitos anos, o mundo era uma baita confusão. A terra invadia o mar. O mar avançava na terra. O céu ora estava lá em cima, ora cá embaixo. As montanhas mudavam de lugar.

Os ventos sopravam tão forte que as águas do oceano subiam e desciam morros, destruíam cavernas, punham tudo de pernas pro ar. Era o caos. Um dia, ninguém sabe quando, apareceu uma força pra lá de misteriosa. Olhou aquela bagunça toda e decidiu:

— Chega de baderna! Vou pôr ordem no caos.

E pôs. Reuniu água, terra, vento e moldou um disco. Em seguida, pendurou-o no vazio. Fez, então, a curvatura do céu. Encheu-a de ar e de luz. É a abóbada celeste, que hoje está cheinha de estrelas. Logo depois, arrumou a terra. Espalhou planícies verdes pelo chão e ergueu montanhas. Mais tarde, organizou as águas. Mandou-as rodear a terra, formar rios e lagos. Ufa!

As partes mais importantes do mundo estavam prontas. Aí veio a vida. Os peixes ocuparam as águas. Os pássaros tomaram conta do ar. Os homens e os demais animais ficaram com a terra. O céu passou a pertencer à força poderosa que acabou com o caos. Os gregos a chamavam de Zeus. Nós a chamamos de Deus.

Para
João Marcelo e Rafael,
netos que povoam meu Olimpo
Juliano e Gabriel,
netos da Tânia
Luiz, Beatriz e Marina,
netos da Linda

GAIA, A MÃEZONA

Da desordem primitiva, bem antes de Zeus, surgiu Gaia, a mãe terra. Gaia deu à luz Urano. Era o céu estrelado. Deu à luz, também, Ponto. Era o mar e todas as águas. Urano se casou com ela. E nela ficou colado. Passaram-se semanas, meses, anos. Ele lá, sem arredar o pé. Ela tentava se livrar. Mas ele não se soltava de jeito nenhum.

A união gerou muitos filhos. Os primeiros foram os doze titãs, seis machos e seis fêmeas. Em seguida, vieram os três ciclopes. Eles só tinham um olho — no meio da testa. Era um olho tão poderoso que podia matar. Depois, foi a vez dos hecatônquiros. Que medão! Eram monstros terríveis, gigantes assustadores com cinquenta cabeças e cem braços.

Mas eles não conseguiam sair da barriga da mãe porque Urano vivia deitado em cima dela. Gaia se sentia sufocada. Teve, então, uma ideia. Queria que os filhos se revoltassem contra o pai. Mas eles não tiveram coragem. Só Cronos, o mais jovem dos titãs, aceitou ajudar a mãe.

Gaia fez uma foice. Com ela, Cronos cortou o pipi do pai e o jogou no mar. Morto de dor, Urano caiu fora pra sempre. A Terra e o céu se separaram e ocuparam o lugar que ocupam hoje. Cronos se tornou o primeiro rei do mundo. E virou a personificação do tempo.

Por isso, as palavras com crono no nome têm tudo a ver com o tempo. Vale o exemplo de cronômetro. É o instrumento que mede o tempo.

A GUERRA DOS TITÃS

Com o mundo, nasceram muitos deuses. Qual deles seria o deus dos deuses? Dois grupos disputavam o poder. De um lado, lutavam Cronos e os titãs. De outro, Zeus e os irmãos. A guerra parecia sem fim. Depois de dez anos de enfrentamento, ninguém ganhava, ninguém perdia.

Ops! Os ciclopes entraram em ação. Deram a Zeus o raio. Era a arma mais poderosa do céu e da terra. Invencível. Graças a ela, Zeus se tornou o deus dos deuses. Os ciclopes fizeram mais. Deram um capacete a Hades. Com ele, o senhor dos infernos ficava invisível.

Por fim, ofereceram um tridente a Posêidon, o deus dos mares. A arma provoca violentas tempestades e terremotos. Os navios afundam ou se perdem. Os marinheiros morrem afogados ou são atirados em praias desconhecidas.

Moral da história: os ciclopes armaram os três deuses do universo. O trio se mudou para o Olimpo. Lá, viveu aventuras emocionantes. São histórias de amor, ódio, vingança, bravura, medos, alegrias, traições e generosidades. Eta vida divertida!

O OLIMPO

O melhor lugar do universo? É o Olimpo. A morada dos deuses fica no topo da montanha mais alta da Grécia. Tão alta que se confunde com o céu. Como está sempre coberta de nuvens, nós não a enxergamos. Mas sabemos que ali vivem criaturas pra lá de especiais. São os doze olimpianos.

Eles têm três características que nós, os humanos, não temos. Uma delas: a invulnerabilidade. Ninguém os pega. Outra: a eterna juventude. A última: a imortalidade. Zeus e os outros moradores não envelhecem nunca. Nem morrem. Os anos passam, as décadas se vão, os séculos mudam, mas eles ficam sempre jovens, belos e saudáveis. Sabe por quê? Por causa da comida e da bebida.

Eles bebem néctar. É um líquido açucarado tirado das plantas. Ganimedes se encarrega de servir a delícia. Oferece a maravilha na taça de Zeus. Depois, as privilegiadas criaturas saboreiam a ambrosia — doce feito com ovos e leite cozidos em calda de açúcar.

Deuses e deusas não são melhores nem piores que nós. São iguaizinhos aos seres humanos. Alguns são alegres, pacíficos e tolerantes. Outros, mal-humorados, violentos e invejosos. Há também os divertidos e os carrancudos. Por isso, as assembleias do Olimpo nem sempre são tranquilas.

Nas reuniões, Zeus se senta num trono de ouro. Os onze olimpianos, em torno da mesa. Dali decidem a sorte dos mortais. Depois do julgamento, enviam o bem ou o mal para fazer os homens respeitar a lei divina. Às vezes, há confusão. Zeus, então, põe ordem na casa.

OS DOZE OLIMPIANOS

Doze são os meses do ano. Doze são os deuses do Olimpo. Nas alturas do céu, vivem seis senhores e seis senhoras. Todos descendem de Zeus, o deus dos deuses e dono do paraíso. Pra lá, ele levou a família inteira. A mulher, os irmãos e os filhos moram no lugar mais luminoso e divertido do mundo. Que sortudos!

Hera é a mulher de Zeus. Muitos a chamam de Juno. Não importa. É a mesma pessoa. Posêidon, o deus dos mares, e Hades, o deus dos mortos, são os irmãos. Deméter, a deusa da agricultura, é a irmã. Vênus, a deusa do amor, nasceu da espuma do mar e acabou no paraíso.

Os sete filhos completam a lista. Sete? É muita gente. Acontece que Zeus adorava namorar. Traía a mulher. Escapava do Olimpo, disfarçava-se de bicho ou planta e vinha até a Terra paquerar as mortais. Com Hera teve só dois filhos: Marte, o deus da guerra, e Vulcano, o deus do fogo.

Os outros têm mães diferentes. Mas, como nasceram do deus dos deuses, têm qualidades pra lá de legais. Atena é a deusa da sabedoria. Apolo, o deus da luz. Ártemis, a deusa da caça. Hermes, o deus da comunicação. Dionísio, o deus da alegria. Viu? Se quiser, Zeus pode formar um time de futebol. Ele é o técnico. Os onze olimpianos jogam em todas as posições. Vamos torcer?

JOGOS, O PRESENTE

O céu dos gregos era diferente do nosso. No nosso, há um só Deus. No deles, há doze permanentes. E muitos hóspedes. O nosso Deus é perfeito. Não faz nada errado. Os deles têm as qualidades e defeitos dos homens: amam, odeiam, ajudam, defendem, atacam, traem, mentem, matam. E por aí vai. No Olimpo, há de tudo. É divertido que só.

Os gregos adoravam os deuses. E queriam homenageá-los. Como? As cidades organizavam grandes cerimônias sagradas. Os jogos eram a principal atração. Havia os Jogos Píticos, dedicados a Apolo, deus da beleza. Havia os Jogos Ístmicos, oferecidos a Posêidon, deus das águas. Havia os Jogos Olímpicos, consagrados a Zeus — o deus dos deuses. De quatro em quatro anos, Olímpia recebia os atletas.

Então, todas as guerras cessavam. Era a trégua sagrada. Os concorrentes só podiam ser gregos livres. Estrangeiros, escravos ou condenados não tinham vez. As provas duravam cinco dias. Eram corridas, lutas (luta livre, boxe, luta grega), pentatlo (corrida, salto, luta, lançamento de disco e de dardos) e corridas de cavalos. Os campeões não ganhavam medalhas. Recebiam uma coroa de folhas de oliveira selvagem — a árvore sagrada do Olimpo. Era a glória.

NIKE, A VITÓRIA

Todos a amam. Todos a querem. É Nike, a vitória. A desejada nasceu no início do mundo. Naquela época, não existiam nem Zeus nem o Olimpo. Só havia os titãs. Ela é filha de um deles — Palas.

Nike não era responsável pelo triunfo de atletas nem de guerreiros. (A glória ou o fracasso era missão deles e de Tique, a dona da sorte.) Ela só entregava o troféu a eles. Por isso, tinha asas. Ia de um lugar a outro rapidinho. Onde havia um vencedor, lá estava a bela deusa pra lhe entregar a láurea.

A condecoração era uma palma e uma coroa, símbolos da vitória. Até hoje, os campeões da Olimpíada põem na cabeça a coroa de folhas. É Nike, invisível, quem lhes dá o prêmio. A imagem dela aparece em todas as medalhas.

Em geral, Nike não anda sozinha. Vai e vem na companhia de outros deuses. Ora é Zeus, o deus dos deuses. Ora Atena, a deusa guerreira. Sabe por quê? Eles são os portadores da glória. Nike só faz a intermediação. Passa o troféu ao conquistador. Até hoje, todos esperam a visita da bela alada. Bem-vinda, vitória!

TIQUE, SORTE OU AZAR

Em grego, ela se chama Tique. Em português, Fortuna. Com um nome ou outro, a divindade desempenha papel pra lá de importante na vida de crianças e adultos. Sabe qual é? Ela escolhe quem vai ter sorte ou azar. A opção não tem nada a ver com qualidades ou defeitos das criaturas. Tem a ver com o acaso.

Há dias em que a caprichosa senhora acorda de bom humor. Bate o olho numa pessoa. Oba! A sortuda consegue tudo o que quer. Se faz prova, tira nota 10. Se joga partida de futebol, faz gol de placa. Se aposta na loteria, embolsa a bolada. Se quer um ficante, conquista o mais cobiçado pela moçada.

Mas, se Tique abre os olhos mal-humorada, valha-nos, Zeus. A dona do destino faz tudo dar errado na vida de gente pequena ou gente grande. Se a pessoa vai tomar banho, o chuveiro jorra água fria. Se tem horário marcado, perde o ônibus. Se vai ao cinema, a sala está lotada. Se participa de corrida, chega em último lugar. Até Papai Noel esquece o presente.

Todos morrem de medo dela. Com razão. As escolhas da imprevisível deusa são aleatórias. Por mandar na sorte e no azar, Tique recebe muitos nomes. Uns a chamam de destino. Outros, de fado. Muitos falam em ventura ou desventura. Não importa o nome que recebe, ela não olha o que faz. É ceguinha.

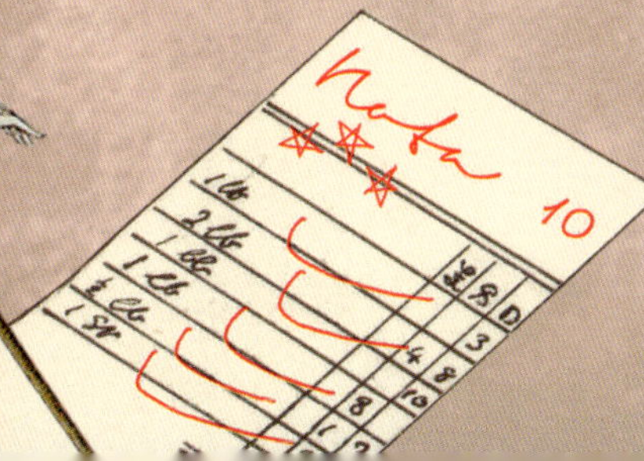

ZEUS, O DEUS DOS DEUSES

Zeus é Zeus. Senhor do universo, ele governa os olimpianos e os humanos. O caçula de Gaia e Cronos não ganhou o poder. Conquistou-o. Com a ajuda dos ciclopes, derrotou os titãs depois de dez anos de luta pra lá de sangrenta. O raio lhe garantiu a vitória e o trono eterno no Olimpo.

Pouca gente sabe. Mas ele só chegou aonde chegou graças à cabra Amalteia. Ela era muito, muito, muito feia mesmo. Tão feia que vivia numa caverna — bem escondidinha pra não assustar as outras criaturas. Um dia, Gaia a procurou. Estava desesperada com um recém-nascido no colo.

O pai dele tinha medo de ser destronado por um filho. Por segurança, devorava todos eles, que ficavam guardadinhos na barrigona gulosa. Quando aquele nasceu, a mãe enganou o desalmado. Deu-lhe uma pedra. Ele a engoliu pensando que fosse o garoto. A criança estava momentaneamente salva. Mas corria perigo. O que fazer com ela?

Gaia a entregou à Amalteia. A cabra amamentou o menino com o próprio leite. Ele cresceu. Ficou forte e poderoso. Em sinal de gratidão, Zeus homenageou o animal que lhe garantiu a vida. Transformou-o em constelação. É a constelação de Capricórnio. Capricórnio quer dizer cabra.

O SEDUTOR

Lá do Olimpo, Zeus ficava de olho no destino dos mortais e imortais. Mas, de vez em quando, achava a vida monótona. Então, desistia de ser deus e dava uma voltinha na Terra. Aqui participava de jogos e encontrava amigos. Mas, sobretudo, namorava. Acontece que ele era casado com uma mulher muito ciumenta. Pra não ser reconhecido, lançava mão de disfarces. Virava bicho, árvore, água, qualquer coisa.

Um dia, o deus dos deuses apareceu em Sídon, que hoje fica no Líbano. Olhou em torno e viu uma cena de cinema. Uma jovem se divertia com as amigas à beira do rio. Era Europa. A moça era tão linda que Zeus não resistiu. Como conquistá-la? Transformou-se num touro branco. O branco brilhava como o sol. Não satisfeito, criou cornos dourados em forma de lua crescente. Por fim se enfeitou com colares de flores.

Assim, lindo e sedutor, ajoelhou-se aos pés da garota. Ela se encantou. Fez carícias no pelo macio e sentou-se em cima dele. O touro não deixou por menos. Fugiu com a carga preciosa. Atravessou o mar e chegou a Creta. Lá os dois namoraram com paixão. Foi um amor tão forte que deixou marcas. Europa virou nome de continente. E Touro se tornou constelação. Depois, signo do zodíaco.

O VOLÚVEL

Você já reparou no horóscopo? O terceiro signo é o de gêmeos. São dois menininhos que estão sempre juntos. Um é Castor. O outro, Pólux. Eles nasceram de um ovo, como as aves. A mãe deles, Leda, era uma linda princesa. Casou-se com Tíndaro, rei de Esparta.

Uma tarde, ela foi tomar banho no rio. Zeus estava chateado no Olimpo. Resolveu passear na Terra. Ao chegar, viu a jovem nadando. Apaixonou-se. Então, disfarçou-se de animal. Virou um lindo cisne de pescoço beeeeeeeeeeeeeem comprido. Encantada, Leda o pôs no colo e acariciou as penas brancas e macias. Meses depois, ela sentiu dor de parto.

Da barriga dela, saíram dois ovos. Cada um tinha duas crianças. Do primeiro, nasceram Castor e Helena. Do segundo, Pólux e Clitemnestra. Helena e Pólux eram filhos de Zeus. Por isso, não morriam nunca. Castor e Clitemnestra, filhos de Tíntaro, eram mortais como nós.

Castor e Pólux ficaram amigões. Cresceram fortes e corajosos. Castor domesticava cavalos. Pólux tornou-se excelente lutador. Eles expulsaram os piratas que matavam de medo a população das ilhas onde moravam. Os dois ficaram famosos. Pediram a Zeus que não os separasse nunca. Zeus lhes atendeu. Transformou-os em estrelas. Os gêmeos brilham no céu até hoje.

ECO ECO ECO

HERA, A PRIMEIRA-DAMA

Hera se casou com Zeus. Como primeira-dama, goza de enorme prestígio no Olimpo. Lá, senta-se ao lado do deus dos deuses. E, sempre que pode, acompanha o marido nas idas e vindas mundo afora.

Sabe por quê? Ele adora namorar as moças bonitas. Ao ver uma, arranja um jeitinho de distrair sua esposa, Hera. E, livre, joga o charme divino sobre as jovens. Teve, por isso, muitos romances e montões de filhos.

Quando descobre a infidelidade, Hera poupa o marido. Faz de conta que não sabe de nada para manter o casamento. Separação e divórcio não passam pela cabeça dela. Mas vingança, sim. A deusa se vinga sem piedade da rival e dos filhos.

Uma das vítimas foi Hércules. Ele era filho de Zeus com Alcmena, a mulher mais linda e mais sábia da face da Terra. Como desforra pela traição, Hera perseguiu Hércules por toda a vida. Os doze trabalhos foram parcela do preço que ele pagou.

Outra vítima foi a bela Eco. Com voz linda e conversa divertida, a moça distraía a poderosa olimpiana pra Zeus fazer suas conquistas. Quando Hera se deu conta da jogada, deu o troco. Transformou a voz de Eco em eco. E criou o verbo ecoar. Hoje, quando a coitada fala, só ecoa a última sílaba da palavra. É o eco da Eco.

Hera não mudou. Foi, é e será a grande defensora do casamento. Os casais a adoram. Muitos lhe prestam homenagens. Os romanos, que a chamam de Juno, lhe deram um senhor presente. É o sexto mês do ano. Pra lembrar Juno, junho se chama junho.

HÉRCULES, A VÍTIMA

Hércules nasceu com o destino traçado. Seria o maior herói da Grécia. O pai dele, Zeus, era imortal. Mas a mãe, Alcmena, era mortal como todos nós. Resultado: o garotão era semideus — meio mortal, meio imortal. Pra não morrer nunca, precisava tomar o leite de uma imortal. O pai, então, bolou um plano.

Fez que Hera encontrasse o menino sozinho. Ele chorava de fome. Com pena da criança faminta, a deusa lhe deu o peito. Ele sugou com tanta força que ela o afastou com rapidez. Um esguicho de leite se esparramou pelo firmamento. Assim, foi criada a Via Láctea — o caminho que os heróis seguem pra entrar no Olimpo.

Nesse momento, apareceu Alcmena. Hera se deu conta de que tinha sido enganada. Ao alimentar o bebê, tornou-o indestrutível. Furiosa, jurou vingança. Perseguiu Hércules sem pena. Pôs no berço dele duas cobras venenosas para que o picassem. Mas o meninão pegou uma serpente com cada mão e estrangulou as duas. Foi um *show*.

Mais tarde, se casou. O casal teve três filhos. Um dia, ele brincava com as crianças quando Hera lhe jogou um véu invisível na cabeça. O coitado enlouqueceu. Matou a mulher e os meninos. Depois se arrependeu. Pra conseguir o perdão dos deuses, precisou vencer doze desafios. São os doze trabalhos de Hércules.

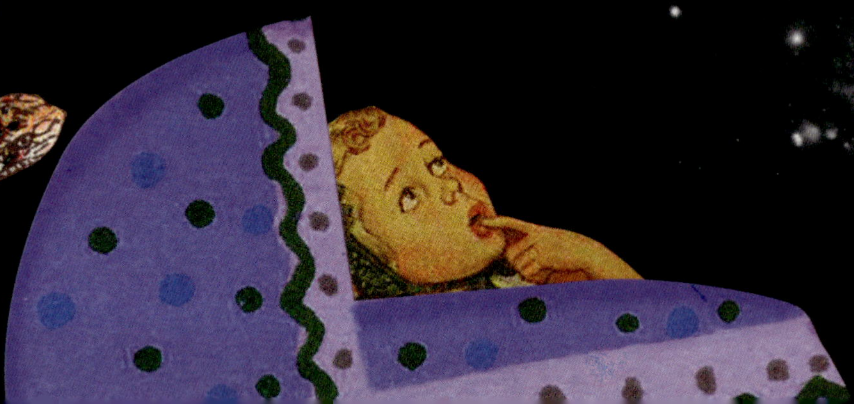

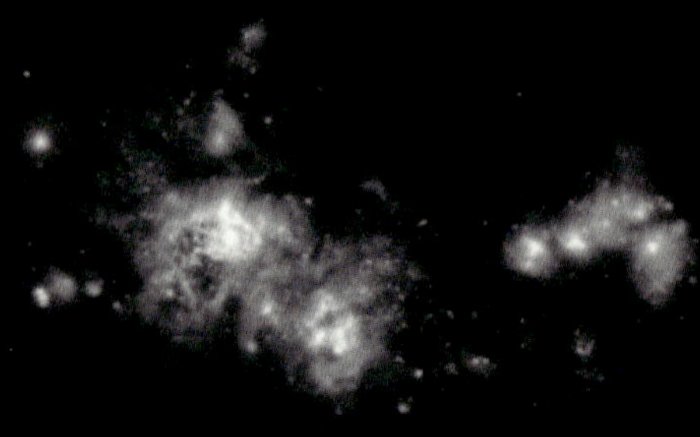

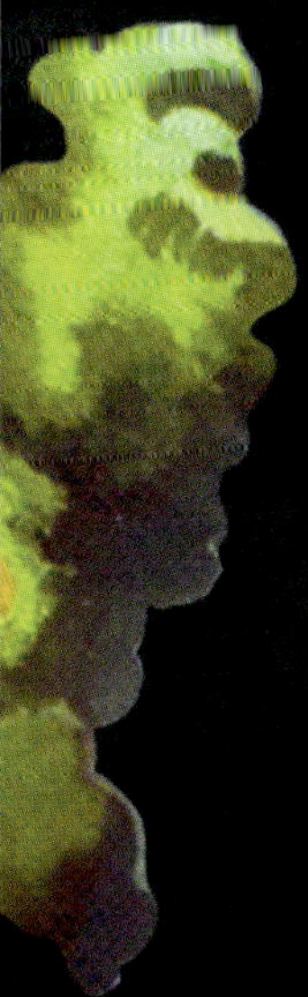

UMA HERANÇA

Em latim, câncer quer dizer caranguejo. Por isso, o bichinho aparece em todos os horóscopos. Vem depois de Áries, Touro e Gêmeos. Você sabe por que ele ganhou tanto destaque? A história tem tudo a ver com Hércules. Num dos doze trabalhos, o herói enfrentou a Hidra de Lerna.

O monstro era um dragão com nove cabeças de serpente. Já imaginou? Pra vencer a fera, ele tinha que cortar todas elas. Era missão quase impossível. As cabeças eram mágicas. Mal ele decepava o pescoço de uma, a danada renascia firme e forte. E daí? Hércules era Hércules. Sabido, bolou um plano. Queimava com uma tocha os pescoços cortados. Eles não voltavam à vida.

Hera quis atrapalhar a vitória. Mandou um caranguejo morder o herói. Hércules, quando sentiu as dentadas, esmagou-o com os pés. A primeira-dama do Olimpo, com pena do animalzinho, recolheu os pedaços espalhados pelo chão. Com eles, formou a constelação de Câncer. Ela brilha lá no céu.

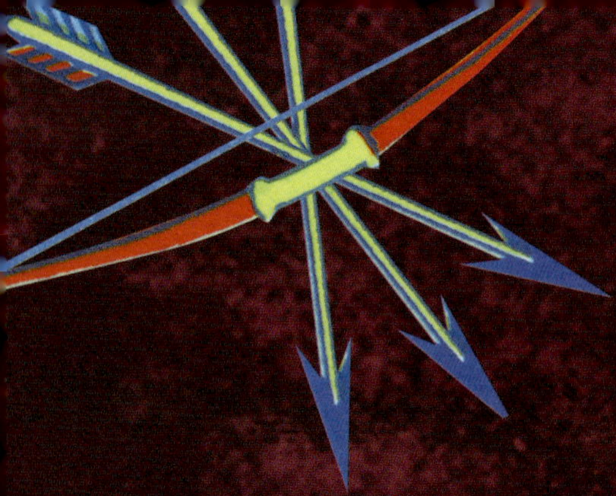

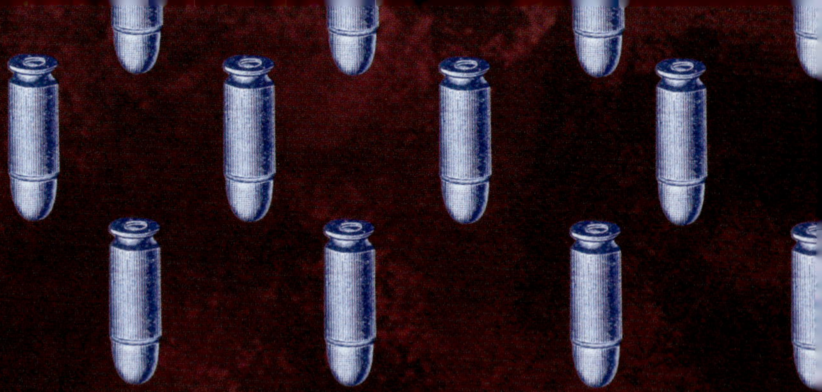

OUTRA HERANÇA

Na Terra, o leão é o rei dos animais. Manda e desmanda na floresta. No céu, é uma estrela. No horóscopo, é o quinto signo do zodíaco. Vem depois de Áries, Touro, Gêmeos e Câncer. A história da fera se relaciona a Hércules. Foi o primeiro desafio.

Ele precisou matar o Leão de Nemeia. O monstro devorava gente e animais. Não adiantava tentar matá-lo. Nem bala nem flecha lhe atravessavam a pele. Mas o herói não desanimou. Partiu pra luta. Agarrou a fera com os braços e a estrangulou. O bichão morreu.

Hércules, que não era bobo, arrancou a pele do animal. Recobriu-se com ela da cabeça aos pés. Por isso, ficou com o corpo fechado. Nenhuma flecha o atingia. E o leão? Peladinho da silva, parou no céu. Virou estrela.

POSÊIDON, O SENHOR DAS ÁGUAS

Posêidon é o deus das águas. Ele mora no fundo do mar. Ali construiu um palácio pra lá de luxuoso. Pra visitar a Terra, tem um carro puxado por cavalos muito especiais. Os pés deles parecem a palma da mão da gente. Na viagem, sereias vão junto. Cantam e tocam música o tempo todo.

Um dia, ele ganhou um tridente. Gostou tanto do presentinho que anda com ele por todos os lugares. No banho, no almoço, na cama, os dois estão sempre juntos. Sabe por quê? O tridente torna Posêidon superpoderoso.

Com ele, faz senhores estragos. Provoca tempestades, terremotos e *tsunamis*. Oceanos, mares e rios viram infernos. Às vezes, as águas engolem os navios. Outras vezes, desviam as embarcações do caminho. É um deus nos acuda. Valha-nos, Senhor!

Posêidon também faz bondades. Quando está de bom humor, protege os navegantes. Acompanha a viagem deles. Desvia-os dos perigos. Acalma as ondas. Eles chegam em casa sãos, salvos e felizes. É uma festa.

Em suma: o deus manda e desmanda nos mares e oceanos. Tem tanto poder que os romanos o adotaram. Deram-lhe o nome de Netuno. Por isso, as rochas com que ele enche o fundo dos mares se chamam rochas netunianas.

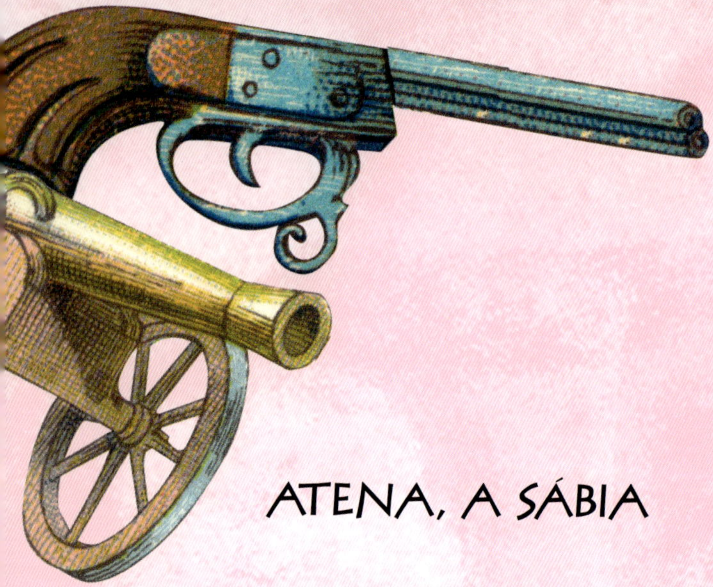

ATENA, A SÁBIA

A deusa mais majestosa do Olimpo? É ela, Atena. A bela guerreira nasceu adulta. Não veio ao mundo como todas as criaturas. Saiu da cabeça do pai, Zeus, armada e vestida de dourado. Carregava um escudo no braço, uma lança na mão e uma coruja no ombro. O capacete que usa tem a pala voltada pra trás. É pra deixar à mostra a beleza sem par do rosto sem defeitos.

Ao ver pela primeira vez a luz do dia, a moça soltou um grito de guerra. Tornou-se, desde então, a senhora dos combates. Lutou contra gigantes e heróis. Ganhou todas as batalhas. Sabe por quê? Grande estrategista, ela era muito, mas muito inteligente. Todos a chamavam de deusa da sabedoria. Zeus se orgulhava da filha. Ela foi o único ser a quem ele confiou o raio, símbolo do poder do deus dos deuses.

ATENA X POSÊIDON

Posêidon, um dia, decidiu enfrentar a deusa. Ele queria ser patrono da capital da Grécia. Ela também. O povo não queria saber de derramamento de sangue. Resolveu lançar um desafio. Ganharia quem oferecesse o melhor presente ao país. A disputa começou.

Com o tridente, o deus dos oceanos bateu forte na colina da Acrópole. Milagre! Surgiu uma fonte magnífica. Bela, sem dúvida. Mas a água salgada tinha pouca utilidade. Não servia pra beber, nem pra cozinhar, nem pra tomar banho, nem pra lavar a roupa, nem pra matar a sede das plantas.

Chegou a vez de Atena. A deusa da sabedoria cobriu o país de oliveiras. Viva! O povo comeu as azeitonas mais deliciosas do mundo. Com o azeite, iluminou a cidade, temperou a salada e fez óleos perfumados. Até hoje, o azeite de lá se destaca mundo afora. Atena venceu a competição.

Os gregos agradeceram. Como prêmio, a capital da Grécia se chama Atenas. E a coruja, o animal favorito da deusa, virou símbolo da sabedoria. Por isso, toda faculdade de filosofia aparece com uma corujinha. É que filosofia quer dizer amigo da sabedoria.

O VOTO DE MINERVA

Os gregos chamam a deusa guerreira de Atena. Os romanos, de Minerva. O nome latino criou expressão pra lá de popular. Em disputas, quando há empate na votação, o presidente desempata. É o voto de Minerva. A história do privilégio vem de longe, lá da mitologia grega.

Orestes matou a mãe e o namorado dela. Com o assassinato, vingou o pai. Agamenon foi morto pelo casal logo que voltou da guerra de Troia. O rapaz cometeu o crime mais grave da Grécia. A pena para o matricida era a morte. Carrascos muito cruéis aplicavam a punição. Eram as infernais Erínias, especialistas em torturar os pecadores.

Consciente do que o esperava, Orestes pediu socorro a Apolo. O deus topou ajudá-lo. Levou-o para ser julgado no areópago, como era chamado o supremo tribunal. Atena presidiu o primeiro julgamento do mundo. Doze cidadãos atenienses formavam o júri. A votação terminou empatada. Coube a Atena o desempate. Ela declarou Orestes inocente. Com o voto de Minerva, nasceu o patriarcado. Os homens assumiram o poder.

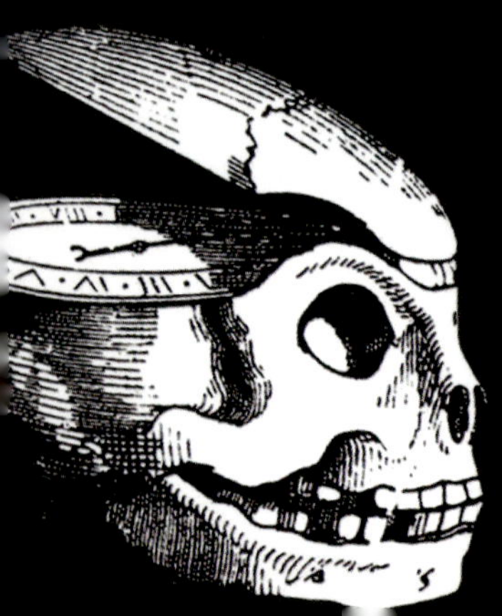

HADES, O DEUS DOS MORTOS

No começo dos tempos, o mundo foi dividido em três territórios. Um é o bonito e luminoso Olimpo. Lá vive Zeus, o deus dos deuses. O outro são as águas. Seu senhor é Posêidon, que controla rios, mares e oceanos. O terceiro fica embaixo da terra. No subterrâneo, não entra claridade. A luz do sol não tem vez. Hades manda e desmanda lá.

Os mortais morrem de medo dele. Não que ele seja mau. Ao contrário. É justo. A razão do pânico é o medo da morte. Naqueles tempos, não havia céu nem inferno. Todas as pessoas que morriam tinham de se encontrar com Hades. Pra chegar até ele, as almas precisavam pagar passagem.

Como? A família punha uma moedinha debaixo da língua do cadáver. Com o pedágio, o morto passava pelas barreiras sem ser perturbado. Hades ficou muito rico. Tão rico que os latinos lhe deram outra denominação. Chamam-no de Plutão. O novo nome quer dizer ricaço, o dono do dinheiro.

Hades vivia muito só. Um dia resolveu casar-se. Com quem? Nenhuma mulher queria morar naquele mundo sombrio. Ele, então, teve uma ideia. Raptou a bela Perséfone, filha de Deméter, a deusa da agricultura. Foi um deus nos acuda. Por causa do sequestro, o inverno cobriu a terra. E Hades virou sinônimo de inferno.

PERSÉFONE, A RAPTADA

Perséfone encantava todos por sua alegria e beleza. Era filha de Zeus, o deus dos deuses, e de Deméter, a deusa da agricultura. Um dia, ela veio à Terra passear no parque com as amigas. Andava distraída pra lá e pra cá. No vaivém, um narciso pra lá de bonito lhe chamou a atenção. Ela estendeu a mão pra pegar a flor. Aí, aconteceu.

O chão se abriu de repente. Das profundezas da terra, Hades emergiu. Vinha numa carruagem de ouro puxada por cavalos pretos. Com a rapidez de um raio, pegou a garota e afundou de volta para o abismo. Ela soltou um grito desesperado. Pediu socorro. A mãe ouviu. Mas não conseguiu localizá-la.

No mundo subterrâneo, Perséfone se sentiu triste e deprimida. Não falava, nem comia, nem se levantava da cama. Hades ficava sentado ao lado dela. Apaixonado, tentava alegrá-la. Contava histórias, fazia promessas, oferecia comidas e bebidas gostosas. Ela não reagia.

Hermes, o mensageiro do Olimpo, apareceu por lá. Conversou com o dono da casa e o convenceu a devolver a moça. Perséfone, quando soube, deu saltos de alegria. Preparou-se rapidinho. Antes que a amada partisse, Hades lhe serviu sementes de romã. Ela comeu três.

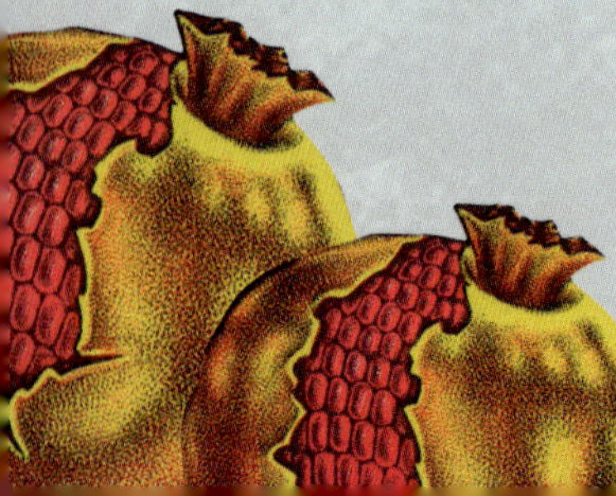

DEMÉTER, A MÃE

Deméter, depois do rapto de Perséfone, procurou a filha durante nove dias e nove noites. Não a encontrou. Inconformada, consultou Hélio, o sol, que tudo vê. Ele, com pena da mãe desesperada, abriu o verbo. Contou tudo sobre o sumiço da moça. Ela se indignou. Disse que não voltaria ao Olimpo sem a filha.

A deusa da agricultura deixou de cumprir os deveres. Não alimentava a Terra. Faltou comida. Os homens passaram fome. Foi então que Hermes, a pedido de Zeus, prometeu trazer Perséfone de volta. Com uma condição: que ela não tivesse provado o alimento dos mortos. A moça voltou. Mas ficou pouco tempo. Ela havia comido sementes de romã. E Hades a levou de volta.

Zeus, então, arranjou uma saída. Todos os anos, Perséfone fica com a mãe durante nove meses. A Terra festeja com a primavera, o verão e o outono. Nos outros três, a bela fica com o marido. Nesse período, a Terra se cobre de gelo. O verde some. Os grãos não crescem. É o inverno.

CARONTE, O BARQUEIRO

Na mitologia grega, só os deuses são imortais. Eles não morrem porque se alimentam de néctar e ambrosia. Ninguém tem a receita exata das delícias. O que se sabe é que são pra lá de gostosas. Por isso se chamam comida dos deuses. Os mortais não têm saída. Morrem. Todos morrem. E todos vão para o reino dos mortos.

Lá bebem uma água especial e esquecem a vida terrena. Têm, então, de pegar uma barca para cruzar o rio Estige. A viagem não é de graça. Os falecidos levam uma moeda debaixo da língua pra pagar a passagem. Começa, então, a grande travessia. Caronte, o barqueiro, atravessa os portões monumentais e conduz os mortos ao Hades.

Antes, pede licença ao guardião do local. É Cérbero, cão de três cabeças e cauda de serpente. O monstro autoriza a entrada de todos. Mas não deixa ninguém sair. No fim do percurso, as almas encontram Hades, o senhor do mundo subterrâneo. Ele não as julga. Só assiste à cerimônia. Minos, Radamanto e Éaco são os juízes justos e severos que avaliam as ações dos homens. Os bons vão para os Campos Elísios. Os maus ficam por lá. Os poderosos inimigos do Olimpo acabam no Tártaro.

CÉRBERO, O CÃO

Que medão! É Cérbero que chega e arrepia os pelos da cabeça aos pés. Pudera! O cão de três cabeças e cauda de ferro em forma de serpentes tem uma missão. Monta guarda na porta do inferno. Quem entra não sai. Se alguém tenta escapar, o cachorrão se transforma em monstro feroz. Devora a criatura com apetite.

Em grego, o nome Cérbero quer dizer comedor de carne. O pavoroso ser dorme com os olhos abertos e fica acordado com os olhos fechados. Mas tem um ponto fraco. É louco por bolo de farinha e mel. Por isso, as famílias dos mortos põem no caixão um pacote com o alimento. Quando o guloso fica bravo, os moradores do submundo jogam pra ele um pedaço da delícia. Ele se acalma rapidinho.

Tirar Cérbero vivinho da silva do inferno foi o último trabalho de Hércules. Missão impossível? Não pro herói. Ele agarrou o cão pelo pescoço. O monstro reagiu. Esticou a cauda assustadora para atingi-lo. Mas o filho de Zeus, protegido pela pele do leão de Nemeia, não o soltou. Sem poder respirar, o bichão desmaiou. Hércules o levou para Euristeu. O rei, tremendo de medo, mandou devolvê-lo aos infernos. E o monstro está lá até hoje.

CAMPOS ELÍSIOS, O PARAÍSO

As pessoas morrem. O corpo se separa da alma. Alguns o enterram. Outros o cremam. Os egípcios o embalsamavam. Transformavam-no em múmia. Os museus estão cheinhos delas. E a alma? No duro, no duro, ninguém sabe o que acontece com ela. Muitos creem no que a religião ensina. Os cristãos, por exemplo, dizem que os bons vão para o céu. Os maus, para o inferno.

Os gregos antigos acreditavam que as almas iam para o mundo subterrâneo. Era o domínio de Hades. Lá, três juízes severos as julgavam. Os descendentes dos deuses, os heróis e os justos iam para os Campos Elísios. Todos eram recebidos com danças, festas, comida gostosa, sorvete e muita — muita — alegria.

Quando chegava, a alma se sentia no paraíso. No ar, circulava perfume delicioso. Os jardins estavam sempre floridos. As frutas ficavam ao alcance da mão. Não fazia calor nem frio. Neve, tempestade, temporal não tinham vez por ali. Por isso, até hoje, chamamos de Campos Elísios os bairros ou edifícios que se parecem com o paraíso.

TÁRTARO, O INFERNO

Tártaro pode ser um molho. Pode ser a placa pretinha que se cola atrás dos dentes e só o dentista pode limpar. Pode ser, também, o território inferior. É mais ou menos o que nós chamamos de inferno. Localizado no fundão do mundo, pra lá vão os poderosos inimigos dos deuses do Olimpo.

Os titãs estão lá. Cronos lhes faz companhia. Lembra-se deles? Os fortões perderam a guerra contra Zeus e os irmãos. Foram lançados nas cavernas e grutas mais profundas do reino de Hades. É lugar úmido coberto por três camadas de noite. Um muro feito de bronze cerca o distante subterrâneo. Já imaginou?

De lá ninguém consegue fugir. Sabe por quê? Os hecatônquiros não deixam. Os imensos gigantes com cinquenta enormes cabeças e cem fortes braços vigiam o Tártaro dia e noite. Não dormem nem se cansam. Cruz-credo! Xô!

APOLO, A PERFEIÇÃO

Leto era uma bela ninfa. Tão bela que Zeus se apaixonou por ela tão logo a viu. A jovem retribuiu. Engravidou de gêmeos. Ops! Hera descobriu o romance. Como sempre faz, voltou a ira contra a futura mamãe. Pediu a Gaia que não oferecesse nenhuma terra firme onde a moça pudesse dar à luz. Dito e feito.

Morta de dor, Leto não tinha onde pousar. Mas a deusa do bom parto a socorreu. Levou-a para a ilha de Delos. Como era flutuante, o território não tinha ligação com Gaia. Oba! Um casalzinho veio ao mundo. Primeiro, Ártemis. Em seguida, Apolo.

Zeus, o pai, encantou-se com a perfeição do menino. Nariz, olhos, boca, pescoço, braços, cabelos formavam o mais lindo conjunto que se conhecia. Alimentou-o com néctar e ambrosia. Depois, presenteou-o com uma lira de sete cordas e um coche dourado puxado por cisnes imortais. Hefesto, o deus das ferramentas, lhe deu flechas de ouro infalíveis. A mãe o brindou com o dom da profecia e da visão das coisas ocultas.

Apolo, com cabelos louros como o sol e olhos claros como o dia, adora luz. Por isso, os gregos o chamam de Febo, que quer dizer brilhante. Toca instrumentos musicais, aprecia poesia e as outras artes. Todos os anos, o deus visita os lugares frios. Leva com ele o sol e o calor. Acontece o milagre. O gelo se derrete. A grama volta verdinha. As plantações crescem. Os agricultores colhem alimentos. E fazem festa para o deus do sol, da música e da poesia. Viva Apolo!

ASCLÉPIO, O MÉDICO

Apolo se apaixonou pela princesa Corônis. Mas ela nem ligou pra ele. Afinal, estava de olho no príncipe Ísquis. Apolo não se conformou. Forçou a princesa a se casar. Ela ficou grávida. E, um dia, Apolo precisou viajar. Contratou, então, um corvo pra vigiar a mulher. No meio do caminho, a ave apareceu e lhe contou que Corônis se encontrou com o ex-namorado. Furioso, Apolo mandou matar a moça. Em seguida, tirou o filho vivo da barriga da mãe. Chamou-o Asclépio. Mas não quis cuidar do bebê. Entregou-o ao irmão. Hermes ficou impressionado. O recém-nascido observava tudo com tanta atenção que se esqueceu de chorar. Ofereceram a criança a Quíron, o centauro, que ensinou ao garoto os segredos da medicina.

Asclépio brilhou. Curava todos os doentes. Até ressuscitava os mortos. A fama dele se espalhou pela Terra e pelo Olimpo. Zeus, assustado com tanto poder, matou-o com um raio. Asclépio se transformou na constelação Serpentário. Lá no céu, ele carrega um emblema. São duas serpentes enroladas em um bastão, pinhas, coroas de louro, uma cabra ou um cão. É o caduceu, símbolo dos médicos.

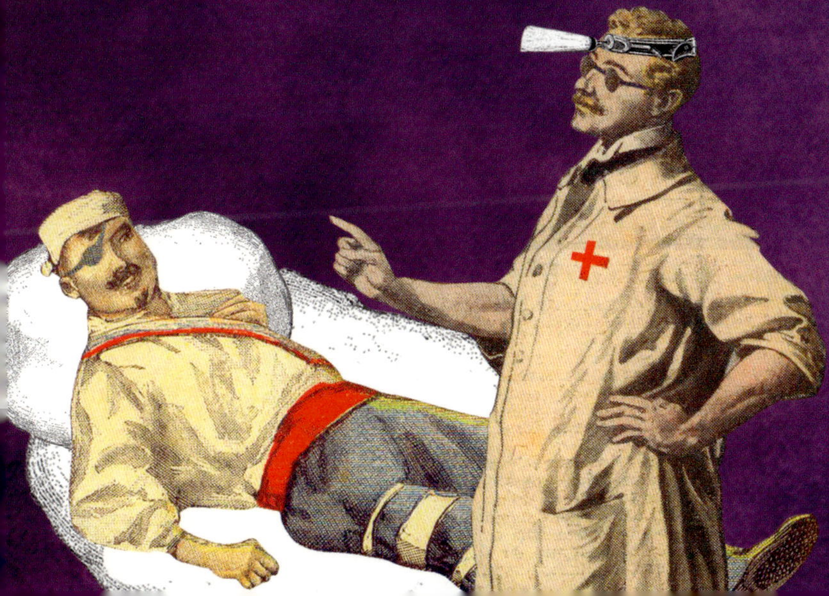

QUÍRON, O MESTRE

Que medão! Os centauros são assustadores. Da cintura pra cima, são homens. Têm cabeça, tronco e braços como nós. Mas da cintura pra baixo... são cavalos — com quatro patas, rabo e pelos. Criaturas pra lá de violentas, comem carne crua, bebem vinhos e adoram namorar meninas bonitas.

Quíron era um centauro diferente. Conhecia medicina como ninguém. Também sabia tudo sobre guerras e música. Sua fama corria o mundo. Muitos heróis foram educados por ele. Asclépio foi um dos discípulos. Estudou tanto que virou o deus da medicina. Até hoje, os médicos o homenageiam. Usam o símbolo dele — o bastão com a serpente enrolada.

Aquiles foi outro. O mestre lhe ensinou os mistérios, as artes e as artimanhas de lutas e batalhas. As lições valeram. Na Guerra de Troia, Aquiles ganhou os combates. Virou o maior herói grego de todos os tempos. Mas, numa brincadeira, feriu Quíron. O centauro sentiu tanta dor que suplicou a Zeus que o matasse.

Como atender ao pedido? O herói era imortal. Quíron, então, ofereceu a imortalidade a Prometeu. E partiu pro mundo dos mortos. O deus dos deuses se comoveu. Transformou-o na constelação de Sagitário. Ela se parece com o voo de uma flecha. Sabe por quê? É homenagem ao conhecimento. O saber eleva a natureza animal em espiritual. Por isso, os sagitarianos adoram viajar, conhecer outras culturas e passar pra frente os conhecimentos.

ÁRTEMIS, A CAÇADORA

Cuidado, moçada. Ártemis está no pedaço. Ela é linda como o irmão gêmeo, Apolo. Os dois espalham luz. Ele, a luz do sol. Ela, a luz da lua. Ela nasceu primeiro. Quando viu o sofrimento da mãe, tomou uma decisão. Não quis ter filhos. Mas se tornou protetora das futuras mamães. Na hora de o nenê nascer, a deusa aparece. Que bommmmmmm!

Ártemis anda armada de arco e flechas. Uma corça a acompanha dia e noite. Uma matilha de cães selvagens também. Os animais a adoram. Fazem tudo o que ela quer. Quando tem raiva de alguém, ela fica má, muito má. Vinga-se sem piedade. Um dia, Níobe disse que era maioral. Tinha seis filhas. Leto, a mãe de Ártemis, tinha dois. Com a ajuda do irmão, a deusa flechou as seis meninas. Níobe chora até hoje a morte das garotas.

Uma tarde, Ártemis estava tomando banho no rio. O grande caçador Acteão a viu nua. Furiosa, ela o transformou em veado. Depois, mandou os cães devorarem o animal. Numa ocasião, o rei Eneu homenageou os deuses. Esqueceu Ártemis. Ela não o perdoou. Convenceu um javali monstruoso a destruir o reino do coitado. "Que rei sou eu, sem reinado e sem coroa", ele canta até hoje.

ÓRION, O APAIXONADO

Órion tinha uma paixão. Adorava caçar. Forte e corajoso, combatia feras e monstros que atacavam as cidades e os campos. Na folga, passava dias e dias em bosques e florestas atrás da bicharada. Não ia sozinho. Ártemis, a deusa da caça, o acompanhava.

Os dois andavam sempre juntos. Colhiam frutos juntos. Entravam em cavernas juntos. Atravessavam rios e montanhas juntos. Faziam as refeições juntos. Nadavam juntos. Pegavam animais juntos. Com o tempo, não deu outra. Aconteceu o que tinha que acontecer.

Órion se apaixonou por Ártemis. Mas Ártemis não se apaixonou por Órion. Ele, caidinho de amor, pegou a moça e a encheu de beijos e carícias. Ártemis ficou muito brava. Vingou-se. Mandou um escorpião picar o jovem. Os dois morreram. Mas não desapareceram. Viraram constelações. Escorpião tornou-se signo do zodíaco.

HERMES, O COMUNICADOR

Que cspetáculo! É ele, Hermes. O filho de Zeus e da deusa Maia tem asas na cabeça e nos pés. Por isso, não para. Desloca-se com desenvoltura do Olimpo para a Terra e para o mundo subterrâneo. É divertido que só. No primeiro dia de vida, pregou uma peça no irmão Apolo. O pequeno ficou atento. Quando o outro se distraiu, ele roubou as vacas sagradas que o bonitão guardava. Pra não ser descoberto, enganou os perseguidores. Como?

Obrigou os animais a andar pra trás. Pra apagar as próprias pegadas, calçou uma sandália feita de ramos. Não deu outra. Os perseguidores foram pro outro lado. Quando Apolo descobriu o ladrãozinho, levou um baita susto. Do berço, o recém-nascido lhe estendeu uma lira que tinha acabado de fabricar com casco de tartaruga e tripas de boi. Apolo ficou fascinado. Trocou o rebanho pelo instrumento. E presenteou o irmãozinho com um cajado de ouro.

Com o poder do deslocamento, aliado à extraordinária inteligência, tolerância, bondade e compaixão, Hermes se tornou o mensageiro dos deuses. Levava os recados divinos para os homens e os recados humanos para Zeus. Nas folgas, inventou muitas coisas. Uma delas: o alfabeto. Outra: a música. Mais outra: a astronomia. Outra mais: a ginástica. É o deus mais amigo dos homens. Mas ele tem uma quedinha pelos pequenos. Sabe por quê? Crianças e adolescentes adoram o humor e a brejeirice do arauto do Olimpo. Nós também.

ARES, O DEUS DA GUERRA

Sai da frente, que atrás vem gente! Senhoras e senhores, meninos e meninas, abram alas. O deus da guerra vai passar. Os romanos o chamam de Ares. Os gregos o denominam Marte. Com qualquer nome, ele é forte, valente e mau. Está sempre preparado pra luta. Dia e noite, usa armadura e capacete. Na mão esquerda, carrega um escudo. Na direita, uma espada.

Filho de Zeus e Hera, Ares está nos lugares onde há embates sangrentos. Aparece de surpresa, num carro puxado por quatro cavalos. Dois filhos o acompanham. Um deles é Fobos, o medo. Outro, Deimos, o terror. No campo de batalhas, valha-nos, Zeus! O belicoso fica no meio dos soldados e ataca com crueldade. Diante do senhor dos combates, os inimigos tremem da cabeça aos pés. Compaixão e piedade não são com ele.

Como amolecer o coração tão duro? Só o amor. O deus da guerra conheceu a deusa do amor. Afrodite, também chamada de Vênus, se apaixonou pelo homem sanguinário. Deu muito carinho a ele. Da união, nasceram três filhos. Ares se transformou com tanta felicidade. Em vez da violência e força brutas, apela para a justiça e a sedução. Ninguém resiste.

A língua portuguesa homenageou o senhor dos combates. Deu o nome de Marte a um planeta do sistema solar. O homem verdinho que nasce lá é marciano. O terceiro mês do ano se chama março. Judô, caratê, aiquidô e kung fu são lutas marciais. Márcio e Márcia pertencem à família de Marte, marciano e marcial. Salve, guerreiros!

AFRODITE, O AMOR

O mar estava calmo. O sol brilhava. De repente, ninguém sabe como, uma onda de espuma branca se ergueu e deslizou até a margem. Trazia Afrodite. A bela deusa vinha de pé numa concha. De cabelo dourado e olhos brilhantes, tinha o rosto perfeito e o corpo escultural. O sorriso enfeitiçava todos. Os deuses do vento faziam cair chuva de pétalas de rosa.

Assim que ela pisou a terra, leve sopro do ar da primavera a levou para a ilha de Citera. Os moradores se encantaram com a beleza da moça. Vestiram, enfeitaram e mandaram-na para o Olimpo. Foi uma bênção. Ela ajudava os enamorados. Sempre alegre e bem-humorada, a presença da maravilhosa criatura era sinal de graça, prazer e carinho.

Lá Afrodite conheceu Hefesto, o deus do fogo. Filho de Zeus e Hera, o homem era manco e muito feio. Os dois se casaram. Mas, logo, logo, a deusa partiu pra outro. Namorou Marte, o senhor da guerra. Eles se encontravam escondidinhos pra ninguém descobrir. A estratégia não deu certo.

O deus Sol, indiscreto, viu os dois amantes juntos. Doidinho por uma fofoca, não resistiu. Contou pra Hefesto. O marido, furioso, jurou vingança cruel e humilhante. Fabricou uma rede mágica invisível e inquebrável. Uma noite, quando o casal dormia, ele a jogou em cima deles. Os dois ficaram presos. Hefesto, então, chamou os deuses do Olimpo para testemunharem a traição. Chateada, Afrodite se mudou pra Chipre. Mora lá até hoje.

HEFESTO, O METALÚRGICO

Hefesto nasceu feio, muito feio. Tão feio que a mãe sentiu vergonha de tê-lo por filho. Para se livrar do monstrinho, jogou-o do alto da montanha. Foi como saltar de um avião sem paraquedas. Ele caiu durante um dia inteiro. Ao aterrissar, machucou a perna. Ficou manco.

O garoto feio e manco tinha uma grande vocação. Adorava trabalhar com ferro. Tornou-se, por isso, um senhor metalúrgico. Ele fez o trono e o cetro de ouro de Zeus, o deus dos deuses. Forjou a armadura de Aquiles, o tridente de Posêidon, as flechas de Apolo. E muito, muito mais.

Mas o que ele queria mesmo era se vingar da mãe que o jogou lá de cima. Pensou longamente. Teve, então, uma ideia. Fabricou um trono esplêndido de ouro e o deu de presente a ela. Quando Hera se sentou na maravilha, ficou com o bumbum preso. Ninguém conseguia soltá-lo.

Os deuses, então, procuraram Hefesto. Pediram que libertasse a primeira-dama. Ele topou. Mas impôs uma condição. Só soltaria a prisioneira se Afrodite, a deusa do amor, se casasse com ele. Foi assim que a mulher mais linda do Olimpo se casou com o homem mais feio do Olimpo.

PIGMALIÃO, O ESCULTOR

Pigmalião era um escultor famoso. Com as mãos, fazia maravilhas. Uma pedra virava estátua de gente. Um fio de arame se transformava em cão, gato ou cavalo. Uma tábua se tornava palácio ou jardim. O artista era cheio de manias. Uma delas: não tinha paciência com mulheres. Achava todas as garotas feias e chatas. Por isso, não namorava. Jurou que nunca se casaria.

Uma tarde, resolveu esculpir a mulher ideal. Escolheu o melhor marfim do mundo e pôs as mãos à obra. Trabalhou dias e noites. A obra ficou tão perfeita que não deu outra. Pigmalião se apaixonou por ela. Comprou lindos vestidos para a jovem. Enfeitou-a com colares, pulseiras e *piercings*. Calçou-lhe os pés com sapatos de seda.

Numa festa, Pigmalião encontrou Afrodite, a deusa do amor. Humilde, ele pediu:

— Me arranje uma garota igualzinha à escultura.

A deusa, generosa com os amantes e apaixonados, transformou a estátua em gente. Chamou-a de Galateia. Os dois se casaram e foram muiiiiiiiiiiiito felizes. Tiveram um filho. Pra ser lembrado, o escultor deu nome a uma doença. É pigmalionismo. Sabe o que é? É apaixonar-se por estátuas.

DIONÍSIO, A ALEGRIA

Sorria, gente! Dionísio vem aí. O deus da alegria tem uma história pra lá de legal. Sêmele, a mãe dele, esperava um filho de Zeus. Hera descobriu e fez o que costumava fazer. Vingou-se. Plantou um desejo no coração da garota. A moça caiu na cilada. Quis ver o senhor do Olimpo em todo seu esplendor. Ops! Zeus era o deus dos deuses. Ele tentou demovê-la de tão arriscado pedido. Não conseguiu. Então se mostrou pra jovem. Explodiram clarões por todos os lados. Ela não aguentou tanta beleza. Morreu na hora.

Zeus tirou a criança da barriga da mãe, abriu a própria coxa, pôs o bebê lá dentro e costurou a pele. Meses depois, o garoto nasceu bonito e cheio de saúde. O pai-mãe entregou-o a Hermes para que cuidasse do bebê com a sabedoria de quem conhece os caminhos do Olimpo, da Terra e do Hades. Quando cresceu, Dionísio tinha um propósito — alegrar a vida das pessoas.

Descobriu a vinha e inventou o vinho. Viajou muito. Nos países por onde passava, ensinava o trato da videira e a fabricação da bebida. Andava em carro puxado por panteras e decorado com folhas de hera e parreira. Com ele, iam as bacantes, mulheres que se vestiam de pele de leão. Elas viviam em festas. Bebiam, dançavam, cantavam e… contagiavam adultos e crianças de entusiasmo, animação e otimismo.

O tempo passou. Dionísio morreu? Não mesmo. Ele vive entre nós. O deus do vinho frequenta as comemorações em que os convidados se sentem tão felizes como se estivessem no paraíso. Ele aparece nas festas de aniversário. De batizado. De casamento. Aparece também nas reuniões de amigos — em casa, no clube, na rua, na escola, na pizzaria. Como saber se o deus está presente? Olhe pra lá e pra cá. Todos estão felizes? Não duvide. Dionísio está no pedaço.

QUEM É QUEM

ELES NASCERAM NA GRÉCIA. MAIS TARDE, OS ROMANOS OS ADOTARAM. DEUSES E HERÓIS, ENTÃO, RECEBERAM NOMES DIFERENTES. SÃO AS MESMAS DIVINDADES. QUER VER?

MITOLOGIA GREGA / MITOLOGIA ROMANA

DEUSA DO AMOR
AFRODITE / VÊNUS

DEUS DO SOL, DA MÚSICA E DAS BELAS ARTES
APOLO / FEBO

DEUS DA GUERRA
ARES / MARTE

DEUSA DA CAÇA
ÁRTEMIS / DIANA

DEUSA DA SABEDORIA
ATENA / MINERVA

DEUSA DA AGRICULTURA

DEMÉTER / CERES

DEUS DO VINHO E DA ALEGRIA

DIONÍSIO / BACO

DEUS DO INFERNO

HADES / PLUTÃO

DEUS DA FORJA

HEFESTO / VULCANO

DEUSA DO CASAMENTO

HERA / JUNO

DEUS DA COMUNICAÇÃO

HERMES / MERCÚRIO

DEUS DO MAR

POSÊIDON / NETUNO

DEUS DOS DEUSES

ZEUS / JÚPITER OU JOVE

SUMÁRIO

DAD SQUARISI

Sou professora, jornalista e escritora. Nas três profissões, conto histórias. Alunos e leitores adoram. Muitos passam as narrativas pra outros que também adoram e também as passam adiante. São como meu filho, Marcelo. Ele ouviu rios de histórias quando era pequeno. Virou fã de aventuras, heróis e vilões. Agora, apresenta Hércules, Cupido, Aquiles, o Minotauro pros filhos, João e Rafa. Os garotos tomaram gosto. Reúnem os amiguinhos e embarcam na viagem feita de letras e surpresas. Vamos nessa?

CAROLINA KAASTRUP

Carolina Kaastrup nasceu e trabalha na cidade do Rio de Janeiro.

Formada em Ciências Sociais, Moda e Desenho Industrial, trabalhou como pesquisadora para o CNPQ mas seu amor pela arte falou mais alto e foi trabalhar na área de criação. Como estilista desenvolveu coleções e posteriormente iniciou a carreira em *design*. Hoje, além de trabalhar como ilustradora e *designer* para diversas editoras é artista plástica tendo participado de exposições desde 2011.

Aluna da Escola de Artes Visuais do Parque Lage desenvolve trabalhos com costura e colagem.